Historia
de Ele Chiquita

A Martha, mi mamá
J. P. M.

Para Eduardo, Adriana, Paulina y Luca
A. C.

Dirección editorial: Cristina Arasa
Coordinación de la colección: Mariana Mendía
Edición: Libia Brenda Castro
Diseño: Javier Morales Soto

Historia de Ele Chiquita

Texto D. R. © 2015, Javier Peñalosa M.
Ilustraciones D. R. © 2015, Adriana Campos Hierro

Primera edición: mayo de 2015
Primera reimpresión: abril de 2016
D. R. © 2015, Ediciones Castillo, S. A. de C. V.
Castillo ® es una marca registrada.

Insurgentes Sur 1886, Col. Florida.
Del. Álvaro Obregón.
C. P. 01030, México, D. F.

Ediciones Castillo forma parte del Grupo Macmillan.

www.grupomacmillan.com
www.edicionescastillo.com
infocastillo@grupomacmillan.com
Lada sin costo: 01 800 536 1777

Miembro de la Cámara Nacional de la Industria Editorial Mexicana.
Registro núm. 3304

ISBN: 978-607-621-203-5

Impreso en México / *Printed in Mexico*

JAVIER PEÑALOSA M.

Ilustraciones de Adriana Campos

Historia ^{de} Ele Chiquita

¡ES UNA ELE!

CASTILLO DE LA LECTURA

Desde que nació, Ele Chiquita fue
la más alta de las letras minúsculas.

Otras letras eran altas también, pero
no tanto como Ele.

5

Era tan, pero tan alta, que tenía
que agacharse para entrar en
todas partes, hasta en los libros.

6

Tener su altura podía ser divertido.
Por ejemplo, a veces se asomaba por
las ventanas de las casas y en los días
de viento, le gustaba atrapar papalotes.

Aunque también tenía sus
desventajas, como que todos
la podían ver. Y a veces, a uno
no le gusta que lo vean.

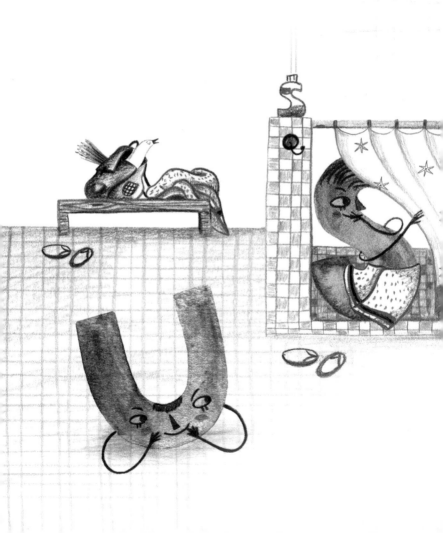

Además, le costaba trabajo encontrar ropa de su tamaño. Y a los pájaros les daba por hacer nidos en su cabeza.

Pero lo más incómodo para Ele era que
se sentía muy diferente de las demás letras,
porque tenía que verlas hacia abajo o no las
escuchaba cuando hablaban en voz bajita.

Y con las letras de su misma estatura,
no se llevaba muy bien que digamos.

Por eso, un día, Ele decidió ya no estar
tan derechita. Al principio, nadie se dio
cuenta, pero después...

Eran las nueve de la mañana y
el uniforme de Juanín Jiménez
ya estaba sucio de chocolate.

Y en el salón de segundo, la miss Margarita le pidió a Luli Linares que leyera la primera línea del libro de lecturas, en voz alta.

Pero Luli Linares no pudo leerla.

La miss Margarita le pidió a Bruno Bodoque que leyera en voz alta la misma línea.

Pero Bruno Bodoque no pudo leerla.

Entonces, la miss Margarita les pidió a Malú y a Rodrigo que leyeran en voz alta, y después, a Julio, a Cristina, a Margarita y a José.

Pero ninguno pudo leer la primera línea del libro de lecturas.

La miss Margarita no entendía lo que estaba pasando, por eso tomó un libro e intentó leer ella misma. Trató de leer una vez.

Y después otra. Y otra.

Pero tampoco pudo. Algo increíble había
pasado: ¡la letra ele se había agachado
en todos los libros de la clase!

A las diez y media de la mañana era hora del recreo, y el uniforme de Juanín Jiménez ya estaba lleno de mermelada y de mostaza.

La miss Margarita y el resto de
los profesores se comían las uñas
en la sala de maestros. La ele
se había agachado en todos
los libros de la escuela.

—Yo creo que los libros ya están muy viejos y por eso las letras están empezando a descomponerse —dijo el maestro Horacio.

NOMBRE : Suli Sinares

Sibésusa

Siebre

gacesa

—Pues yo no sé cómo le voy a hacer para dar mi clase de caligrafía —dijo la maestra Rocío.

—Seguro fue Gerardo, ese niño siempre hace travesuras, ¡pero esta vez fue muy lejos! —dijo la maestra Yolanda.

—Sea lo que sea, tenemos que arreglarlo pronto —dijo la directora.

23

Los maestros estaban muy nerviosos y no quisieron regresar a los salones de clase. El recreo duró dos horas más.

Cuando la mamá de Juanín Jiménez pasó a recoger a su hijo de la escuela, su uniforme tenía tantas manchas encima que parecía un sándwich de mil sabores.

Por su parte, Ele pensaba que se veía muy bien agachada. Ahora las demás letras la veían diferente. Y eso era muy importante.

Sobre todo cuando se acercaba a la
letra que siempre le había gustado.

Ella era la letra de sus sueños:
olía a azucenas, era artística,
agraciada, alegre y abierta.

Era A.

Y cuando a Ele le tocaba estar junto
a ella, se ponía tan nerviosa que se
agachaba todavía más. Por si fuera
poco, les tocaba estar juntas muy
seguido:

La lana de Adela calienta a la abuela.

Pero Ele era tan tímida que no se
atrevía a platicar con A. Una vez
le había dicho "hola", pero como le
temblaba la voz, no se entendió lo
que decía.

A la mañana siguiente, la noticia estaba en todas partes. La gente compraba el periódico y no lo podía leer. El problema se había extendido por la ciudad: la ele estaba agachada en todas las oficinas, en todos los anuncios y en todas las librerías.

La gente, desesperada, hacía todo lo que se le ocurría para enderezar a Ele. Hans Von Vizcocho, el director de la orquesta, le compuso una canción.

Una psicóloga intentó darle terapia
y acostó un libro abierto en un diván.

Alguien contrató a un mago para que la enderezara con un hechizo, pero sólo hizo aparecer 273 conejos, cinco palomas, tres elefantes y un hámster.

A Juanín Jiménez le dieron permiso
de quedarse con el hámster, pero con
la condición de que se lavara las manos
tres veces al día.

Muy pronto, Ele comenzó a notar que algo raro estaba pasando en su vida. En menos de una semana la confundieron más de tres veces.

Primero, O le preguntó que si era hermana de Ene.

Luego, Ele bajó por un vaso de agua a la cocina y su mamá le dio un sartenazo porque pensó que un extraño había entrado en su casa.

Pero a Ele no le importaba nada, estaba dispuesta a soportar confusiones y sartenazos con tal de llamar la atención de A. Y por eso se seguía agachando cada vez más y más.

El presidente de la nación hizo un anuncio
en la tele: ya había hablado con otros
presidentes y se había declarado un
Estado de Letra Mundial.

En la Real Academia de la Lengua,
la Lengua invitó a varios especialistas
para que propusieran soluciones
al grave problema de la letra ele.

Algunos dijeron que el mundo debería
olvidarse de Ele: si no estaba dispuesta
a cooperar, podía irse por el escusado.

Bruno Bodoque, que odiaba la clase
de español, dijo que lo mejor sería
eliminar la ele de los libros y, de una
vez, todas las letras escritas; es más,
de paso, podrían eliminar la escuela.
Pero todos dijeron que no, y alguien
le arrojó un jitomate a la cabeza.

—¿Y por qué no buscamos una letra que se parezca a la ele? —propuso el profesor Portillas.

A todos les pareció una excelente idea y, como había muchas letras que no tenían trabajo, en menos de una hora ya había una fila enorme de letras que venían de todas partes del mundo.

Pero ninguna funcionaba. La búsqueda parecía inútil, porque Ele era única.

ENTREVISTAS →

43

Para Ele, las cosas no andaban muy bien desde días antes; ahora estaba tan chueca que le dolía la espalda, ya ni siquiera podía caminar bien.

Por primera vez en mucho tiempo, Ele se sintió triste. No tenía ganas de jugar futbol ni de asomarse por las ventanas de las casas; ya no quería atrapar papalotes. Es más, ni siquiera tenía ganas de ver a A.

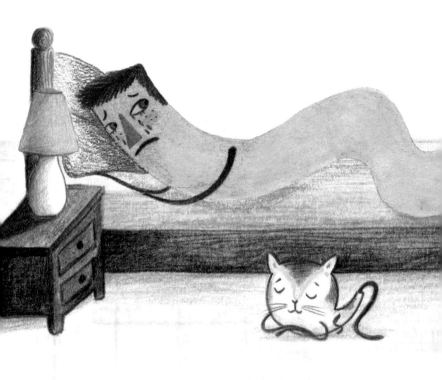

45

Sin embargo, una tarde, Ele se puso a ver
las fotos que colgaban de las paredes. Toda
su familia estaba ahí: su abuelo Larguete,
la bisabuela Lorenza, el tío Larín, el perro
Lingo y hasta su primo Lalo.

Y Ele empezó a notar que todas tenían algo
en común, no eran redondas como O, ni
agraciadas como A; no eran pesadas como
Pe, ni serpenteaban como Ese. Eran largas,
¡como Ele!

Y ella no era una o, no era una a ni
tampoco una pe, ni siquiera se parecía
a una ese. Se dio cuenta de que ella
tenía esa forma y ese carácter
¡porque era una ele!

Entonces, salió corriendo de su casa
a toda velocidad: tenía algo muy
importante que hacer.

Cuando llegó con las demás letras,
Ele estaba más derechita que nunca;
estaba tan derecha que las demás
letras la voltearon a ver.

—Estás en mi lugar —le dijo Ele a De.

—Claro que no. ¿Tú quién eres? —le respondió la otra letra.

—Yo soy Ele y tú estás en mi lugar. Aquí no puede decir "dargo", tiene que decir "largo".

Poco faltó para que De quisiera pelear,
pero cuando vio a Ele tan alta y tan
decidida, se arrepintió.

Ele dio un salto y aterrizó junto a A.
Cuando ella miró a Ele tan derechita
a su lado, le sonrió.

—Qué bueno que regresaste, ya te
extrañaba —dijo A.

Y aunque a Ele Chiquita le dio mucha
pena, en lugar de agacharse, se puso
más derecha. Después de todo era
una ele.

Impreso en los talleres de
Editorial Impresora Apolo, S.A. de C.V.
Centeno 150-6, Col. Granjas Esmeralda,
Delegación Iztapalapa, C.P. 09810,
México, Distrito Federal.
Abril de 2016.